L'ingénieur

(Héros malgré lui)

1

Fernand Szczepaniak

Début de l'écriture : mars 2022

Fin de l'écriture : 30 septembre 2022

par Fernand Szczepaniak, 16 ans.

Incipit :

Imagine un peu… Imagine un monde où les lois n'existent pas ! Mais dans lequel un jeune homme va devoir faire face à des choses qui ne lui correspondent pas, vont le métamorphoser en un humain assez étrange et avec aussi des facultés tout de même surprenantes ! Un con. Même s'il l'est déjà un peu… Hein euh… Pardon ! Continuons.
Un monde dans lequel, en ayant un nom de famille assez étrange, en ayant un style vestimentaire qui laisse à désirer, un style de parler original… Tu ne seras pas juger et heureux.

Je suis peut-être arriver ici par hasard. Je n'ai rien. Pas de nourriture, pas d'argent. Et oui, même dans un monde fabuleux, il y aura toujours la notion de l'argent. L'argent ne fait pas le bonheur, mais il y contribue qu'ils disaient...

Enfin bon… ce n'est pas ça qui va me faire avancer dans mon histoire, on m'a jeté dans une gare d'où je sors et je ne vois personne… Ah si ! Une espèce de sphère jaunâtre me fait comprendre que pour me déplacer, il va falloir que j'ai 80$. Oui oui, je suis comme vous, je ne comprends rien.

Pourquoi je sors d'une gare ? Pourquoi une entité me parle ? Pourquoi suis-je ici ?

Enchanté, je suis Samuel Processeur, 22 ans, le seul et l'unique ingénieur en angles.

Si vous voulez savoir précisément à quoi je ressemble, je suis inspiré de la tenue du chanteur ***BUGBUG BUG da9s l1 chan6»5é(54 carme quand il chante sur scène.***

Ouah… J'ai un mal de crâne énorme… Je vais sans doute m'y habituer.

Bienvenue dans mon monde où vous n'aurez pratiquement aucun élément de réponse à vos questions mais écoutez… Moi non plus.

Bon… Si je résume… Je dois trouver de l’argent pour trouver un moyen de me déplacer dans une ville qui semble être vide. C’est vrai que marcher à pied est un peu fatiguant, surtout quand on ne sait pas où l’on doit aller. Où trouver de l’argent ? Je ne sais pas. Eh bien c’est parti ! Marchons…
Durant mon aventure, je sors de la ville en direction d’un désert… j’ai soif… j’ai faim… je n’ai pas spécialement peur parce que ici, j’ai appris que l’on ne peut pas mourir. Juste tomber dans le coma pour se réveiller à l’hôpital. C’est plutôt marrant ou surprenant mais dans tous les cas, je n’ai pas d’argent pour trouver de la nourriture ou une vulgaire bouteille d’eau dans un magasin.
Oh ! Un vélo ! J’avoue que je commence à faiblir…
Je roule sur une autoroute où il n’y a rien autour sauf du sable. Soudain, je me fais klaxonner. En effet, je me tords sur mon vélo pour apercevoir ce qu’il y a derrière moi et c’est une voiture noire, vitres teintées, je pense que c’est une *Merco* (Mercedes). Deux types sortent de leur voiture et ils me menacent avec leurs pistolets, un classique, un autre très vieux. Sans que je puisse dire un mot, il me jette dans leur voiture de voleurs et ils me posent un tas de questions. Quel est mon nom ? D’où je viens ? J’avais l’impression que j’étais en garde à vue. Bien évidemment, sous

la menace d'une arme, je dis que je suis Samuel. Ils me demandent mon nom de famille… je me doutais de ce qu'il allait se passer et j'ai bien eu raison… ils ont ri. Processeur… Processeur… Arghhh… ce nom qui me fait passer pour un clown. Par contre, ils étaient sympathiques maintenant. Enfin bon, je reste sur mes gardes et je préfère rester neutre. Une bonne trentaine de minutes s'écoulent et ils me posent une question qui va radicalement changer l'atmosphère de la voiture. Qu'est… ce… que… je… fais… dans la vie…
Même vous, quand je vous ai dit « ingénieur en angles » vous avez tout de suite regretter d'avoir ouvert ce … . Je suppose… Cela a de quoi faire mal à la tête.

Ils ont ri… mais ils m'ont dit qu'ils m'aimaient beaucoup et que si j'avais envie, je pourrai rejoindre leur gang. Un gang ? Un quoi ?! J'étais devenu leur meilleur ami et à vrai dire… moi aussi.

Petit détail, ces types étaient cagoulés et ils décident d'enlever leurs déguisements parce qu'ils ont sûrement confiance en un garçon qui pourrait être dans la lune. Un avec une crête blonde, courte et iroquoise. Et l'autre lui, avait une coupe totalement normale de couleur noire. Respectivement Jackaster alias Jack et

Jean alias… bah Jean. Maintenant, je suis un peu plus confiant parce que je sais visiblement bien m'adapter et en plus, on a échangé nos numéros de téléphone. Durant toute cette folle aventure, je sors du désert pour ensuite aller vers une ville. Mais attendez… là on passe devant une gare, la gare. Mon Dieu… j'aurais fait un énorme chemin pour rien ? Ah non, on continue la route en zigzaguant et en montant une colline.

Je pense que vous aussi, mais c'est vrai que je trouve que la relation entre eux et moi est devenue très voire trop vite amicale et comme si on était les meilleurs potes du monde. Par contre, j'entends depuis tout à l'heure parler d'un certain Tomy. Tomy ? Qui est Tomy qui serait visiblement heureux de me voir selon leur dire ? Leur chef… bah oui… un gang est toujours dirigé par un chef, le patron quoi… Enfin bref, on est arrivé. Une petite maison où le trottoir est collé à la porte d'entrée. La classe… bon hein… je n'ai pas de logement donc je ferais mieux de me la couler douce.
Il y a d'ailleurs une petite allée qui mène en direction de la cour extérieure de la maison, derrière celle-ci si vous préférez. Et il y a une piscine plutôt sympa, deux ou trois transats et une petite table ronde et des chaises en bois à côté d'un cercle au sol en brique. Eh eh… j'aime beaucoup la vue sur une pub de balai à chiotte et la face cachée d'un restaurant avec

toutes les poubelles apparentes enfin bref, je vous signale que je n'ai rien demandé ! Mais je suis content d'être ici, comme si j'étais avec mes potes, en soi… c'est un peu ça.

Mes deux « amis » m'expliquent que dans cette île, l'argent c'est primordial. Alors super, je vois qu'il y a des gens qui se disent la même chose que moi c'est cool mais… une île ? Je suis sur une île? En effet, après une longue discussion, je comprends que sur cette île, il y a trois types d'endroits. Le sud, c'est-à-dire la ville où nous sommes, un endroit où il y aurait du monde, problème… Je n'ai vu personne. Juste au-dessus de la ville un désert, là où ils m'ont arrêté. J'ai cru comprendre que c'était un endroit très fréquenté par les gangs qui n'hésitent pas à prendre des gens pour les convertir en otages. Après réflexion, je me suis dit que j'étais tombé sur un gang gentil et avec l'esprit de famille. Famille… Ils ont adoré m'entendre dire ça, c'est comme s'ils attendaient depuis le début que je dise «famille ». Et en effet, c'est le but du gang. Pas d'agressivité, rien qui soit brutal ni avare. Je n'ai pas mis longtemps pour me décider, j'ai dit que je suis totalement partant pour rejoindre le gang, que même une heure après mon enlèvement, je serai leur ami et que je suis tombé sur une bonne paire parce que j'aurais pu souffrir si un autre type de gang m'aurait pris.

Quelques jours passent et durant ces jours-ci, j'ai fait connaissance avec d'autres personnes comme Logan aux cheveux roses. Boulard qui deviendra Michel, je pense qu'il est durement complexé par son prénom, ahah je ris… Et d'autres mais à vrai dire, on est une douzaine et puis pratiquement chaque semaine, il y en a qui partent et qui viennent. D'ailleurs je n'ai toujours pas vu Tomy, le chef, il me fait peur. Je ne sais pas mais généralement les chefs ne sont pas trop gentils avec leurs employés. J'ai cru comprendre qu'il était en vacances. Les secondes passent puis les minutes puis les heures puis les jours puis les semaines et là, bah non pas de Tomy… Mais de l'argent qui m'a été soigneusement donner par Jack ! Je dois avouer que Jack est devenu un père pour moi au fil du temps. C'est lui qui m'a tout appris. Comment trouver des magasins sur une carte, trouver un téléphone comment boire, se nourrir, je sais très bien comment manger hein ! Mais ici, dans ce monde, tout est différent, c'est comme un jeu avec son propre vocabulaire, les touches du clavier deviennent des muscles. Comme par exemple quand Jack me dit d'appuyer sur le muscle F4 pour voir mon inventaire et trouver la nourriture que je peux acheter, enfin bref… Il m'a appris tant de choses, mais là, 10 000$ qu'il me donne, c'est un peu beaucoup non ? Il m'a dit que ce n'était rien, que c'est normal et que pour lui ou devrais-je dire, pour eux, ce n'est rien 10 000. Ils doivent sûrement compter dans les milliards. Mais oui, Jack est mon père, enfin vous avez compris. Après je fais style que tout est normal mais d'où sort l'argent ? J'ai très vite compris d'où… Vous savez… Les gangs… Bah ça ne va certainement pas travailler en échange d'argent propre. Non non, ici on vole, en récupérant de l'argent sale. Euh… ce n'est pas un petit Samuel qui va braquer quoi que ce soit. Et puis même, je ne vole pas moi, je suis un gentil ! Jack me regarde et me fait comprendre que sur cette île, tout le monde vole. Et que si je fais le gentil, je vais très vite devenir pauvre, SDF, agoniser, mourir. On ne gagne pas en tant que gentil mais en étant méchant, enfin pas vraiment mais passons. Donc suite à cette discussion, Jack me fait mon premier cours de braquage ! J'ai l'air heureux ? Cela dépend. De voler non, de gagner de l'argent oui. Je ne reste pas insensible face à l'argent vous savez. Il me dépose devant un pauvre magasin rouillé mais encore fonctionnel où je peux apercevoir de l'extérieur un homme qui a l'air d'avoir mon âge mais triste. Dans tous les cas, même si je regarderais partout, j'éprouverais une certaine pitié. Aller ! Je dois entrer dedans, sortir mon flingue, enfin celui de Jack, menacer la personne, prendre l'argent, fuir en direction de la voiture et certainement me réjouir. Je lui demande si cela en vaut la peine mais il me dit de se dépêcher. Aller… je rentre dans le magasin avec la peur alors que c'est moi qui ai l'arme. Nos regards se croisent entre l'homme et moi. Je fais semblant de regarder les rayons en me disant que c'est génial, il y a **Racine carrée** ici ! Puis je regarde les carreaux qui donnent vers l'extérieur en voyant mon demi-père qui me fait comprendre qu'il faut que je me grouille. Je sors subitement mon arme en direction du type. Petit détail, mon arme est à l'envers, je la retourne et je fais style que je maîtrise la situation alors que je ne sais même pas si mon arme est prête à tirer. Dans tous les cas, je ne souhaite pas le tuer. Forcément il a peur et me donne l'argent qu'il a. C'est-à-dire 13$. Je cours en direction de la sortie et retourne dans la voiture en ayant les jambes qui tremblent. Jack met la voiture en route et roule. Je lui ai montré l'argent que j'avais mis dans mon sac préalablement choisi parmi les 2 que je devais prendre, un noir et un gris, j'ai pris le gris. Et il me dit que c'est déjà pas mal sauf à un détail près… Mince ! Je n'avais pas de cagoule ! Il n'était pas trop en colère vu que le pauvre monsieur travaille seul et il n'y a aucun système de sécurité. Mais bon, j'y penserai la prochaine fois.

Plusieurs jours passent et cette fois-ci, je décide d'espionner un autre gang car oui, nous ne sommes pas seuls. Ici, on est dans un quartier où chaque maison ou villa appartient à un gang. D'ailleurs, mon gang c'est « Les Pacifistes », sacrément viril mais bon j'aime plutôt bien vu que nous ne sommes pas des brutes. Je décide d'aller sur une petite colline avec la moto que je me suis achetée avec l'argent de Jack. Oui, je n'aime pas dire que c'est à moi. Moi et ma *PCJ-600* montons en hauteur pour essayer de regarder ce que font les autres. Rien. Ce n'est pas intéressant ce que je fais mais cela m'évite d'aller braquer des gens et de me sentir mal. Tout à coup, je reçois un appel, c'est Jean. Vous savez, celui qui est normal et qui d'ailleurs, m'a échappé de l'esprit. Il me dit d'aller à la villa car le chef est présent et qu'il souhaite donc me voir. Il raccroche et ne me laisse même pas répondre avant de quitter. Je crois que je n'ai pas trop le choix, je prends ma bécane et pense sur la route à Tomy, j'ai vraiment peur. Je rentre ma moto et je vais à l'arrière de la villa. Il y a Jack qui est de dos et qui parle avec un homme, plutôt grand, avec une chevelure blonde proche de la banane d'*Elvis Presley* mais en blond. Je m'approche des deux et l'homme qui m'est inconnu semble être Tomy, il m'accueille avec dans une main, une bière et de l'autre, rien sauf que son bras est tendu vers le ciel me montrant la joie qu'il a à me voir. Il a l'air sympathique. Il me demande si c'est bien moi le fameux Samuel, l'ingénieur en angles. Le fameux ? J'ai l'air drôlement connu… On parle, enfin, il me parle autour d'une table avec Jack mais celui-ci nous regarde juste tout en ayant son téléphone en main. Tomy me pose une multitude de questions et il se lève. Monte sur un tas de planches de bois pour prendre de la hauteur et va dire à Jack d'appeler les autres pour qu'il puisse dire quelque chose ce soir. Le soir venu, il y a du monde à l'extérieur et sur les routes… Je n'aime pas trop ça mais je ne dis rien. Je pense que c'est le soir qu'il y a le plus de mouvement. En plus, j'ai l'air bête mais j'ai dans ma poche une bouteille d'eau vide car je n'ai pas trouvé de poubelles et les seules que je connaisse sont à la villa. D'ailleurs, entre le temps où j'ai laissé Tomy et Jack, vers 16h et maintenant, vers 21h, je me suis baladé en ville pour faire mes repérages et je suis allé acheter une bouteille d'où le fait que je suis venu avec une. Bref, je me décide d'aller à l'arrière de la maison et je vois tout le monde qui attend les paroles du patron. Timide comme je suis, je reste tout au fond tandis que les autres sont devant. Il est l'heure, Tomy monte sur les planches comme un héros et parle. J'imagine qu'il va faire un récapitulatif de ce qu'il s'est passé les dernières semaines où il était absent et j'entends mon nom…

« Comme j'ai su par le billet de mon bras droit que, comme par hasard, quand je ne suis pas là, il n'y a personne qui travaille, je décide d'établir une nouvelle règle ! Si une personne ne fait aucune tâche bénéfique pour le gang durant une semaine, une sanction sera choisie spécialement pour lui ! Compris ? Ah et oui ! J'imagine que vous ne la connaissez pas mais j'ai le plaisir de vous annoncer, une nouvelle recrue ! Samuel, viens ici s'il te plaît ! »

Oh non, je n'aime pas avoir les projecteurs sur moi, tout le monde me regarde, je suis le thème de la soirée et je ne suis pas à l'aise. En plus, Jack me fait signe de me dépêcher, décidément je suis vraiment lent. Tomy me fait signe de monter, génial…

« Voici Samuel Processeur ! D'après mon fidèle ami Jack, c'est une personne drôle et spéciale, cela relèvera le goût du gang ! Veuillez le mettre à l'aise et souhaitons-lui la bienvenue ! »

Relever le goût du gang ? Il n'a pas peur d'attaquer les personnes lui. Au moins, il m'a bien accueilli et je me sens un peu plus à l'aise même si je vois les regards remplis de jalousie vers moi. C'est comme si j'étais mieux traité en un jour qu'eux en un mois. D'ailleurs, j'ai su durant la soirée qui s'est faite après la prise de parole du chef, que le gang a été créé quelques mois avant mon arrivée, c'est tout frais en fait ! En plus, je n'étais qu'avec Jack et son groupe de potes, assez tristes…

Soudain Tomy s'exclame et dit haut et fort :

« Fin de la soirée les amis et début d'une nouvelle ! Une soirée braquage de la fabrique, ça vous dit ? »

Hein ?! Euh… quoi ? Non mais par contre là c'est fou. À ce moment précis, j'ai su que ma vie ne va plus être la même et qu'il va falloir que je m'adapte comme je sais bien le faire. Tout le monde court en direction de l'extérieur, tout le monde se bouscule. Ceux avec le plus de pouvoir dans la hiérarchie du gang sortent les véhicules et les autres se rangent en file indienne. Et moi… Je suis sonné. J'entends Jack qui prend les responsabilités d'attribuer les rôles à chacun, comme un braquage, parce que c'est un braquage.

« Logan, Michel, montez avec moi et le chef dans la *Merco* ! Toi et Samuel, dans la *Seven-70 !* Et vous six, dans le *Dubsta* ! »

Je n'ai jamais vu une personne aussi confiante et coordonnée. Je rentre donc en vitesse dans la voiture avec une autre personne qui sera au volant. Je fais vite d'aller sur l'autre siège parce que je ne veux pas que ce soit moi le responsable d'un potentiel accident. Pour aller de la villa à la fabrique, il faut compter dans les deux heures. Donc, j'ai intérêt à bien m'entendre avec la personne située à côté de moi. C'est une fille, qui doit aussi avoir mon âge, brune avec un joli visage. J'ai bien trop peur de lui dire quelque chose pour ne pas la déconcentrée mais c'est elle qui décide de me parler.

« - C'est toi Samuel ? dit-elle
- Euh oui, c'est bien moi et vous ?
- Tu peux me tutoyer, enchantée, Mina.
- Enchanté.
- Tu es prêt ?
- A faire quoi ? Euh… je veux dire oui. Je pense.
- T'as l'air stressé dis moi, c'est la première fois que tu fais ça ?
- Oui, je ne sais pas à quoi m'attendre mais je vais faire avec.
- T'inquiète, si tu veux on restera à deux et je te guiderai. Je t'ai vu hyper peureux quand Tomy a fait ta présentation, surtout n'aies pas peur, pour ma part je suis un peu comme toi, je suis quelqu'un de solitaire. En plus, je suis la seule fille du groupe, la joie…
- D'accord. Merci beaucoup et pas de soucis, je resterai avec toi.
- Nickel ! »

Durant la route, elle a mis la radio et il y avait mes musiques préférées, ***Can't Help Falling in***

Love d'Elvis Presley, Am I Dreaming de Lil Nas X, Living Hell de Bella Poarch, Mourir sur scène de Dalida et même La tendresse de Bourvil. Je m'ambiançais dans ma tête et j'ai remarqué qu'elle aussi. Après elle a bien plus réagi à Decrescendo et Auburn de Lomepal. Les filles adorent celui-ci et je dois avouer que je l'aime bien. Ok ok, je vois le truc, c'est vrai que juste en une heure et demie, j'ai trouvé entre elle et moi beaucoup de points communs, qu'elle a l'air gentil avec moi et que l'on s'entend bien car parfois on rigole ensemble sur le trajet. Mais ne pensez pas que je suis amoureux d'elle ! Enfin si… Vous pouvez car je dois avouer qu'elle me plaît. Mais attendez ! Je préfère ne pas être préoccupé par ça parce que ça ne sert à rien si elle-même ne ressent rien alors je suis censé faire quoi ? Et puis, pourquoi je parle de ça ? Et puis… Rien. Oubliez. Aller, on est sur la route en direction du braquage… Mais même ça, ce n'est pas normal !

On a fini le trajet et Mina me donne une cagoule qui sent le parfum de fille et on rentre dans la fabrique avec le chef et les trois autres tandis que le groupe de six sort les otages qui avaient pris sur la route.

Vite vite ! L'alarme vient de sonner et la police va bientôt arriver. Pas de chance, ils arrivent avant que nous partons et nous devons établir un plan pour faire la négociation. Il y en a un qui dit qu'il faut échanger des otages pour enlever les herses, l'autre propose d'enlever le barrage de camions. C'est assez dur mais pendant que nous étions en train de réfléchir tous ensemble, on entend un policier hurlé pour que l'on se dépêche. Tomy, Jack et un autre vont à l'entrée pour entamer cette négociation. J'ai peur. J'ai très peur. Nous tous étions derrière à attendre les ordres pour amener ou non des otages devant. Je ne suis vraiment pas bon quand il s'agit de garder son calme donc je n'ai pas le choix de m'exclure à un endroit tout seul. J'ai peur, j'ai très peur, je pleure. Mais j'en ai marre ! Ma cagoule est trempée, mes gants en sueur, mon sac gris très lourd, l'argent qu'il peut y avoir à l'intérieur s'écoule à quelques milliers de tonnes de choses de… Comment je suis censé être heureux d'avoir de l'argent sale ? J'entends des bruits derrière moi, une personne qui s'approche de moi, c'est Mina.

« - Qu'est-ce que tu as ?
- Rien rien.
- Mais si, je vois, tu es mal, je sais que ce n'est pas forcément évident mais je pense pareil. Tu sais, je viens d'une gare et…
- Toi aussi ?
- Tout le monde. On apparaît tous là-bas. Je ne vais pas te raconter toute ma vie mais… *dit-elle*

- Si, s'il te plaît.
- Bon. * *elle s'assoit près de moi* *
- Je t'écoute.
- Il y a longtemps, j'ai grandi dans une petite maison dans un coin assez tranquille, au sud de la ville, dans un petit quartier. Le temps passe et je me dis qu'il faut que je bouge, j'en avais un peu marre de rester à cet endroit sans rien faire de ma vie. Je décide de travailler dans une petite entreprise, *Pear,* mais je ne gagne pas assez d'argent et ma vie se résume à emprunter de l'argent à mes parents. *m'explique-t-elle*
- C'est pour cela que tu braques des banques ?
- Non, pas forcément, j'ai reçu un message d'un type qui aime beaucoup **Jackass**. *affirme-t-elle avec le visage blanc et raide*
- Jack ?
- Exact. J'ai un peu mal à la tête attend...
- T'inquiètes, je comprends.
- Ok… **elle expire** Alors je ne sais pas comment il a eu mon numéro mais il m'a envoyé un message me disant de venir ici, en échange d'**Ice-Tea**. *Ouille*… Euh… J'ai très vite compris que ce n'était pas une boisson rafraîchissante mais de l'argent qui va pouvoir permettre de refroidir les nerfs de mon banquier. Je n'ai pas le choix, soit ça, soit à la rue.
- Je te comprends.
- Et toi ?
- Moi ? Euh…

- Si tu n'as pas envie ce n'est pas grave, mais je ne connais pratiquement rien de toi, à part que tu serais un pitre, un peu dans la lune.
- Que je serais ?
- Je sais Samuel. Je sais qui tu es. À peine quelques heures avec toi et j'ai compris qui tu étais.
- Merci. Si tu veux savoir, je viens de nulle part, enfin si, d'un monde où l'école, les histoires de famille, les problèmes, les lois et la notion de la négativité et ce genre de problème sont présents. J'ai voulu partir, je n'en pouvais plus de me faire traiter comme ça. J'ai donc essayé de trouver refuge ici.
- Oh non. C'est triste. Mais… Moi aussi, c'est marrant mais j'ai vécu la même chose que toi. C'est vrai qu'ici, nous sommes plus libres. *me répond-elle*
- Tu l'as dit, sur la route j'ai vu une voiture qui était en train d'exploser et une autre qui volait dans les airs.
- Comme tu es drôle.
- Merci Mina.
- Samuel…
- Oui ?
- Je... »

Et là, une fusillade, des explosions, des cris de souffrance puis un silence. Durant ce moment horrifique, je ne sais pas ce qu'il m'a pris mais j'ai protégé Mina avec mes bras pour faire comme un bouclier qui pourrait subir des éclats de verres ou autres. On décide de sortir de ce pauvre endroit en direction de la sortie mais il y avait du sang. Plein de sang. Des corps, des bras, des têtes. Je viens de me rendre compte avec Mina, que notre gang vient de pulvériser la police. On doit fuir. Vite. On prend nos voitures et roulons. Mina qui conduit et moi à côté comme d'habitude. Puis on rentre les voitures dans la villa et nous partons chacun de notre côté. Ah oui. Je vais où exactement ? Parce que même si plusieurs mois se sont écoulés depuis mon début, je n'ai rien fait d'autre à part dormir dans une petite forêt que j'apprécie, il y a de la verdure et cet endroit est peu fréquenté. Mais bon, je dors sur des feuilles. La vie est belle n'est-ce pas ? Je ne réfléchis pas longtemps avant de me dire que de toute façon je n'ai pas le choix. Je marche un peu et j'entends une voix derrière moi, non ce n'est pas la culpabilité d'avoir braqué une fabrique et sauvagement tuer la police sans que d'autres patrouilles viennent. Enfin quand même, la police est incompétente. Elle n'a pas remarqué que toute une équipe est morte ? Mais cette voix que j'entends... C'est Mina.

« - Eh ! Toi aussi tu prends ce chemin ?
- Oui pourquoi ?
- Moi aussi ! Ma maison n'est pas loin d'ici. s'*exclame-t-elle en criant de joie*
- Ah génial…

- Tu as quoi encore ? La tienne est où ?
- Tu vois la forêt ? C'est là.
- Quoi ?! Tu dors dans une forêt ? Tu n'as pas de maison ? *dit-elle en s'approchant de moi*
- Non.
- Tu veux venir chez moi ?
- Ouah… Euh… t'es directe toi ! Et puis je vais te déranger. Laisse tomber.
- Ne t'inquiète pas, j'ai une chambre d'amis, après si tu préfères dormir dans le froid c'est comme tu veux.

elle rigole doucement

- Bon aller, merci encore, franchement je suis désolé.
- Mais arrête ! T'es chiant Sam !»

Il est environ 3h du matin et en effet, c'est tard. En même temps, on peut dire que j'ai eu un emploi du temps chargé.
J'arrive chez elle, c'est incroyable… La maison est très luxueuse et surtout très grande. Elle ouvre la porte et m'invite à venir. Je suis tout de même gêné mais bon, Mina est devenue une meilleure amie pour moi, j'espère qu'elle m'apprécie. Enfin, elle m'a quand même invité chez elle ! Elle me dit d'aller dans la chambre d'amis, de me mettre en pyjama et de passer une très bonne nuit. On se dit au revoir et nous partons dans nos chambres. Je me mets dans la couette qui est d'ailleurs très douce et je pense beaucoup. Est-ce correct d'avoir choisi de rejoindre cet

endroit, cet univers, cette espèce de jeu ? Comment suis-je arrivé là ? Surtout cette question-là. Personnellement, si je devais inviter quelqu'un chez moi, c'est d'une part parce que je m'entends bien avec, ou s'il est vraiment en détresse. Elle m'aime bien ou elle m'a juste trouvé en situation de crise ? Les deux je pense. Les deux parce que c'est vrai que je n'ai pas de logement… Mais pourquoi ! Pourquoi je n'en ai pas ! Et je pense également qu'elle m'aime, mais je n'arrête pas de me le répéter. Pourquoi ? Je pense que je l'aime aussi. Je pense même que je l'aime plutôt bien. Arghhh… J'ai à la fois mal à la tête et cela me fait du bien de me retrouver seul, en plus dans un endroit plus confortable que de la terre. Mais juste... que voulait-elle me dire durant le braquage ?

La nuit est terminée, le soleil se réveille et je me lève. Il faut savoir que le matin, je déteste parler, je ne suis pas bavard et je pense que cela s'explique du fait que je suis seul, tout le temps. J'ouvre la porte de la chambre en direction de la salle de bain afin de me changer et pendant ce temps-là, j'entends la porte qui vient de la chambre de Mina s'ouvrir. Quand je finis de m'habiller, je vais en direction du salon afin de manger mon plat préféré du matin… des crêpes aux chocolats. Cela tombe bien, il y en a ! Et je rencontre Mina.

« - Salut Sam ! Bien dormi ? *dit-elle*
- J'ai passé la meilleure nuit que j'ai pu passer depuis le début !
- Tu m'étonnes !
- Et toi ?
- Très bien ! J'vais t'avouer que ça m'a permis de me ressourcer par rapport à hier. Mais bon, j'imagine que toi aussi !
- Oui...oui…
- Comment ça, oui ? *répond-elle en s'approchant de moi*
- Non mais t'inquiète, j'imagine que je vais avoir l'habitude. Et puis où a été mis l'argent ?
- C'est Tomy et les autres qui ont disposer l'argent dans leur planque hyper secrète.
- Hyper secrète ? Tu sais où ?
- Non, même moi je ne sais pas, j'ai juste su que c'était genre hyper secret de fou. *s'exprime-t-elle en agitant les bras comme si elle me faisait voir un monde fantastique*
- Ouah tu m'as perdu.
- T'inquiète pas.
- On a prévu de faire un truc aujourd'hui ?
- Tu rigoles ou quoi Sam ? On est dimanche ! Même ici, le dimanche reste la journée la plus relax de la semaine !
- Ou la pire…
- Pas de panique ! Si tu veux, on peut se faire une petite balade ou manger au resto ! Qu'est-ce que tu en penses ?
- Euh… Oui si tu le souhaites ! »

Elle vient de m’inviter à manger ? Et même de faire une balade ? Mais pourquoi ? J’en ai marre de me poser plein de questions alors que si ça se trouve, elle le fait avec tout le monde et en fait cela n’a rien à voir avec l’amour. Faut vraiment que j’enlève cette idée de ma tête…

Il est 11h et nous sommes dans un parc avec pleins de bancs en bois et elle m’invite à m’asseoir. On discute de notre vie, on fait encore plus connaissance et j’apprends qu’enfaîte, elle est célibataire et qu’elle a rompu avec un homme qui l’a larguée parce qu’elle était trop gentille. Ces gens-là… D’ailleurs, elle ouvre son téléphone afin d’aller sur son Insta et dans les recommandations qui défilent sur son écran, il y a une multitude de mecs musclés avec une silhouette charismatique. Je n’ai rien comme eux. Je suis un squelette. On pourrait même me comparer avec une feuille, cela serait pareil. Et j’ai la même masse graisseuse qu’un yaourt nature. Je vois bien que son style de mecs, c’est des tanks pas des trottinettes. J’allume mon téléphone et je vais sur la même application qu’elle et j’ai en recommandations des photos de mon artiste préféré, Ostraem, un artiste formidable ! Mais pas de choses de ce genre. Elle voulait me montrer une photo d'un type qui va bientôt mettre le pied dans le gang, c'est Polo. Polo a l'air d'un type correct qui n'a pas l'air d'avoir de problème. Il arrivera demain apparemment. Sans l'avoir vu, Mina me raconte qu'il aime bien boire, que sa mère travaille dans la prostitution et qu'il a perdu son père depuis qu'il est petit. Il met en avant son ex qui s'appelle Évora et qu'elle buvait énormément. Cela aurait pu être leur point commun. Rien à voir avec la photo que j'ai vue de lui où il était à la gare en train de rigoler et de probablement passer un bon moment. Elle me dit également qu'il lui fait de la peine pour toutes ces choses mais qu'elle a hâte de le rencontrer. Enfin, l'heure tourne et il est 11h45, il faut trouver un restaurant près d'ici. J'en connais un et je dis à Mina de me faire confiance et d'aller au Nord de la ville, il y en a un qui se trouve dans une rame de train. En fait, celui-ci ressemble à un wagon. Leurs spécialités qu'ils savent le mieux réaliser, c'est le poulet. Je le sais, vu que j'y travaille depuis quelques jours. En réalité, j'ai deux boulots, celui pour le gang et celui qui consiste à travailler dans ce resto qui sert à arrondir mes mois et d'avoir surtout un salaire fixe. Durant la route, je constate que Mina a mal aux pieds, je lui demande si elle veut qu'on prenne un taxi, nous sommes quand même en bas de la ville, faire le trajet à pied serait long. Elle me dit avec un air attendri comme si elle me disait pardon, que oui, tout en me disant s'il te plaît. Je téléphone à l'entreprise pour en commander un et donne ma position, le chauffeur arrive très vite et nous arrivons à destination.

Les plats sont très bons et j'aime vraiment pas mal le poulet donc c'est bénéfique pour moi ! Mina n'est pas végan d'ailleurs et tant mieux sinon j'avais un autre resto mais il est carrément au nord de l'île. Autant vous dire que dans cette zone, les trafics ne se font pas rares…

On a fini nos plats et Mina et moi sommes vraiment complémentaires sur pleins de choses. Je m'en suis rendu compte en mangeant et discutant avec elle. Déjà, c'est une personne réfléchie et qui prend du recul sur diverses situations. Elle a un humour que j'aime vraiment beaucoup et son style vestimentaire me plaît énormément. On rigole bien, vraiment bien. On sort de cet endroit, il est 13h30 et nous n'avons rien prévu pour combler le reste de la journée. Généralement moi, quand je ne sais pas quoi faire, je lis des livres ou j'écoute de la musique. J'avoue c'est pauvre comme activité mais que voulez-vous. Quand je n'ai que ça à faire, je fais avec. Par contre, pas sûr qu'elle soit intéressée par ce genre de choses. Mais elle a une chose que je n'ai pas, des amis. Elle m'a racontée pendant que nous mangions au resto, qu'elle part souvent chez ces potes pour faire la fête. Et d'ailleurs c'est ce qu'elle me propose, d'aller chez eux et qu'ils seront au courant si je viens. Les fêtes, les boîtes de nuit et autres ne sont pas ce que je préfère. J'ai l'impression que c'est souvent pour cacher le mal en nous et que c'est une bonne occasion de dire qu'il faut en profiter pour se « déchirer la gueule » souvent prononcer par des gens qui se déchire la gueule. Je suis chiant ? Je réfléchis trop ? Dans tous les cas, j'accepte sinon pour quel genre de mec vais-je ressembler ? Cette fois-ci c'est elle qui commande un taxi et qui gère la situation. A ce moment précis, je ne gère plus rien et je me laisse emporter sur l'eau ruisselante dans la rivière qui fait des bruits de clapotis sur la roche encore toute fraîche et éclatante fasse à la lumière du soleil. Pardon ?

Ah, je veux dire Mina. Durant le trajet dans le taxi, elle écrit sur un groupe où se trouve les personnes qui seront présentes lors de la fête, ses amis. On arrive à la destination mais c'est plutôt… Comment dire… Luxueux. J'ai l'impression, que le rendez-vous pour la fête, c'est dans une villa, avec ses amis, qui font partie d'un autre gang ! C'est à dire qu'elle est en relation avec un autre gang, je ne sais pas si c'est forcément bien, une bonne idée ou même si je dois considérer ça comme une trahison. Enfin bref, je passe la soirée avec une atmosphère assez étrange avec en fond « Alors on danse ». Vous voyez le syndrome de l'imposteur ? Pareil. De plus, il n'y a que des filles et que donc je suis le seul mec. Plusieurs d'entre elles m'invitent à boire, mais genre beaucoup, enfin, des litres. Déjà qu'une coupe, je ne peux pas en finir une alors imaginer une réserve. Mais c'est bizarre… Pourquoi on demanderait à quelqu'un de consommer énormément d'alcool à un type ? C'est hyper chelou enfin wouahhhhh y'a plus rien qui vaaaa et quiii…….. * tombe *

« - Eh… Sam… Tu vas bien ? *dit une voix féminine résonnant dans ma tête*

- Euh...je… c’est qui ?

- Mina, j’ai vu que tu étais mal et que tu étais tombé par terre alors j’ai décidé de partir, tant pis pour la fête, et là tu es sur mon lit. Désolée, mais sur le moment, je ne savais pas trop quoi faire pour que tu sois bien.

- Hein ! Euh… je veux dire merci Mina. Désolé si j’ai pu te faire partir de la soirée, tu aurais pu y rester ou y repartir !

- T’inquiète, chut maintenant, repose toi. Demain c’est boulot alors faut que tu ailles mieux ! *s’exprime-t-elle en partant de sa chambre, où je me trouve, pour aller dans une autre pièce*

- Ok ok… »

Qu’est-ce qu’il vient de se passer… Je suis déjà totalement mort mais surtout pourquoi elle m’a disposé sur son lit et pas celui de la chambre des amis ? Genre… Hein… Bon… Elle m’a dit qu’elle n’a pas trop réfléchi… Donc ça première pensée a été de me mettre dans son lit ! Oulah, j’arrête de me réjouir, si ça se trouve, j’ai faux de A à Z. Bref, m’en fou, j’ai mal partout, chui dans l’gaz, je me demande juste où va dormir Mina cette nuit et je vous souhaite une bonne nu……

La nuit passe et il est 9 h, l'heure où mon réveil sonne sur mon téléphone avec comme petit mot « réveil boulot ». Comme d'habitude, je me lève, me change dans la salle de bain et je prépare mon petit déj. J'ai un peu la gueule de bois à cause d'hier alors veuillez pardonner mon langage. Et en plus on est le matin, je ne vous raconte pas mon cerveau, dans quel état peut-il bien être. D'ailleurs, habituellement, c'est Mina qui se lève la première, mais je ne la vois pas dans le salon, ni même dans la cuisine. Je n'aime pas regarder chez les gens, mais je fouille la maison afin de la trouver et… C'est elle ! Enh non ! Elle n'a pas osé ! Comment vous décrire… Mina n'est pas partie dormir dans une chambre mais sur le canapé qu'elle a soigneusement collée avec un autre afin d'agrandir la surface du « lit » et de pouvoir s'y blottir. Elle a fait tout ça pour que je ne sois pas déranger ? Elle ronflerait ? Parce que la chambre des amis est juste à côté de la sienne. Ou alors je ronflerais ?

J'essaye de ne pas faire de bruit mais le problème c'est qu'on a un rendez-vous avec le gang à 11h30, il est 11h. Oui, je peux mettre du temps à me lever. Par contre, ce n'est pas normal qu'elle dorme autant, enfin si, je m'en veux. Si je n'avais pas bu autant, elle n'aurait jamais été dans un état pareil ! Mais là, il faut que je la réveille non ? Je ne sais pas quoi faire. J'y vais ? Mais pourquoi je vous pose la question, vous n'allez rien faire ! Là, je suis tout seul face à elle. On dirait que je suis une autre personne avec elle. Le con de service devient un mec avec un certain courage pour parvenir à ses biens. Rien à voir avec un canard hein ! Je vous vois venir… Je ne suis pas son esclave, ce n'est pas cela que je veux vous dire, mais plutôt quelqu'un qui prend hyper bien soin d'une personne par… Instinct ? Envie ? Finalement elle se lève, nos regards s'échangent durant quelques secondes. C'est long quelques secondes. Ces yeux tout ronds avec la pupille dilatée, quelle beauté. Oulah ! Jamais je ne pourrais lui dire ça ! Bref, elle se lève, elle a la tête dans le cul, elle n'est pas bourrée même si on dirait parce que quand elle marche, elle s'appuie sur les murs. Mais elle a quand même dormi moins de 6h ! Je serais à sa place, je ne serais même pas capable de me lever surtout avec la journée d'aujourd'hui. Enfin, c'est comme d'habitude, mais comme je suis toujours pris de cours, c'est chaud de tenir. Par contre du coup, je suis au courant de quelque chose. On va rencontrer la nouvelle recrue, Polo. J'espère qu'il est aimable. Déjà qu'il a une vie assez originale. Je vous ai déjà raconté mais avoir une mère qui est une travailleuse du sexe, cela doit être dur à avoir je pense. Je pense. Bah oui, je pense, j'ai une vie totalement normale moi sinon il n'y aurait pas eu un livre sur ma vie. Ahah… Mais bon lui aussi, il a un truc dur à porter. Je m'écarte du sujet, on doit y aller au rendez-vous là ! Mina est quelqu'un de rapide pour le « make-up » dira-t-on donc ça va. Elle a même fini son bol de céréales bio. Le bol aussi. Ouais… Le temps qu'elle finisse de se préparer et que je lave, sans son autorisation son bol, il est 11h15. Autant rendre service après tout. On part et prend sa voiture vu que je n'en ai pas sauf ma moto chez….Pas chez moi mais dans la villa, dans l'énorme garage. En vrai ça va, il est 11h25, plus que quelques minutes avant le rendez-vous, je ne sais pas trop ce qui va se passer mais je vois Jack, Jean, le mec aux cheveux roses et son pote Boulard mais qui veut qu'on l'appelle définitivement

Michel et d'autres. Et aussi un type, dans le fond qui regarde le paysage seul, avec un dégradé, cheveux courts, de petites oreilles décollées, les yeux marrons, un polo jaune dans un pantalon marron clair, des chaussettes assorties à son haut, des chaussures comme des Vans, et une petite veste comme les personnes âgées bleu marines. Mais je l'ai déjà vu ce mec ! C'est Polo ! Il est 11h29 soit 1 minute avant la réunion et il y a déjà tout le monde, enfin j'imagine. Les retardataires auront une sanction, j'imagine. J'imagine… Que va dire Tomy ? Il connaît Polo ? On verra bien. En tout cas, il est l'heure, il est 11h30 pour la réunion mais le problème, c'est que Tomy n'est pas là ! Et je vois très bien qu'il y a un problème, déjà Mina n'est pas coiffée mais plus grave encore ! Jack et d'autres bras droits sont inquiets et commence à s'agiter discrètement en se faisant des signes qui ne présagent rien de bon. Soudainement, Jack me fait signe de le rejoindre, il a quelque chose à me dire.

« Samuel, je dois te dire quelque chose, Tomy n'est pas là, sais-tu pourquoi ? *me dit Jack avec la voix qui tremble*

- Euh non pourquoi ? C'est vrai, ce n'est pas son genre d'arriver en retard, c'est même lui le premier souvent.

- Merde… Comment on va faire… Qu'est-ce qui se passe…

- Jack ! Jack ! Je viens de recevoir un message ! *s'exclame Jean de loin en courant vers Jack*

- Ok Jean et alors ?

- Bah, il a dit d'aller à la fabrique, là où on a été la dernière fois pour l'ancien braco, il a même dit de venir armé.

- Armé ?! Comment ça ?

- Je ne sais pas trop, mais si c'est armé, c'est chaud non ?

- Oui. Très même. *dit-il en se grattant le crâne*

- Euh… Jack et Jean… Je peux vous aider ?

- Oui Sam, déjà Jean, va prévenir les autres.

- Mais comment je suis censé faire t'as vu le monde… *dit-il en se faisant couper par son supérieur*

- On ne discute pas ! Et nous deux Sam, on file direct à la fabrique.

- Tout seul ? On ne sait même pas ce qu'il se passe !

- Si, je sais, tu vois Sam, généralement le poste de chef d'un gang est à la fois un prestige et un chaos, surtout au niveau de l'organisation de chaque événement. Mais surtout, si Tomy a dit de venir armé, c'est parce qu'il y a forcément un autre gang et que capturer un chef, est une marque de courage donc un excellent moyen de faire connaître un gang comme le plus redoutable et puissant. Tu as compris ?

- Bien sûr, c'est logique même. Mais comment cela se fait qu'aucun des bras droits n'a été là pour être comme son garde du corps ?

- Sam… C'est blessant.

- Ah mais non ! Je ne voulais pas dire ça mais…

- T'inquiètes, j'avoue qu'on n'a pas été les plus malins et efficaces que d'habitude. *me répond-il avec un air gêné*

- Sinon, on a tout dans la voiture ?

- Regarde-le par toi-même, ici tu as la cagoule, les gants, ton pantalon et veste noire, ton flingue normalement, c'est sur toi. *dit-il pendant que nous nous asseyons sur les sièges avant de la voiture*

- Exactement.

- Et les autres ont plus de matos que nous, mais on ne va pas directement se pointer devant les ennemis comme ça. Comme on aura de l'avance, on ira en haut de la colline à côté du bâtiment.

- Ah bah nickel ! J'ai l'habitude de faire mon espion en haut des petites collines durant mes temps libres.

- Super. *me répond Jack comme s'il se demandait ce que je fais de mes temps libres*

- Et Jack…

- Oui ?

- Mina va venir avec nous ou pas ?

- Bah je crois, je sais pas trop pourquoi ?

- Non rien comme ça.

- Nan ! Toi sérieux ! Je suis mort de rire ! Ne me dis pas que tu l'aimes ? Ahah !

- Eh mais non pas du tout pourquoi tu dis ça ! Je pense à elle comme je pourrai penser à d'autres du gang si jamais ils venaient.

- Ah ok.

- Bah ouais. »

Va falloir que tu la fermes la prochaine fois Sam sérieux. Sinon là, on est en route pour aller là-bas et en partant je vois Jean prendre les responsabilités d'attribuer les rôles à chacun, comme d'habitude. Je suis anxieux car j'espère que Jack ne va pas d'un coup nous faire descendre de la colline pour aller aider les autres si un malheur arrive à l'équipe. Je n'ai pas envie de mourir non plus. Même si on ne peut pas réellement. Mais j'avoue que j'aimerais garder le poste le moins risquer. Déjà que j'ai la vingtaine… J'ai du mal à me voir en tant qu'adulte. Je me demande ce que je sais faire dans la vie. Faire mon héros involontairement et faire rire les autres sans le vouloir ? J'ai franchement l'impression d'avoir le syndrome d'Asperger… *Le Médecin malgré lui et Le Malade imaginaire* mais en héros malgré lui et le débile imaginaire. Enfin héros, je veux dire que je satisfais le monde en ne le faisant pas exprès. Enfin satisfaire, je pense encore au malaise que j'ai fait chez les amies à Mina. On prend la route, direction là où le chef s'est fait prendre. Une tension tout de même se fait ressentir durant le trajet. En même temps, on se pose la question si nous allons le retrouver vivant et en bon état. Mais ce n'est pas grave ahah… Jack a mis la radio ! De quoi bien nous détendre et de faire baisser la fameuse tension dans la voiture. Enh… Il a choisi une station qui est horrible pour moi car elle ne propose que du métal. Enfin attention, je vous vois venir les fanatiques de ce genre de style musical. Je vais vous dire un exemple… J'adore l'électro, un style très spécial certes, mais je n'écouterai pas cela si je dois me détendre. Je préférerais écouter de la musique douce avec du violon ou du piano ou autres instruments relaxant. Après j'avoue, j'ai été trop vite dans mon explication et il est vrai que ce n'est pas bien de critiquer un style surtout aussi gros soit-il. Car dans celui-ci, il y a des sous-genres. Dans le rap par exemple, il y a de la *Drill*, du *Conscious Hip-Hop*. Dans le métal c'est pareil, il y a *le plomb*, *le cuivre*, *l'étai*n… Ahah je rigole ! Non mais par exemple il y a le *Hard-Métal* où les chanteurs crient fort dans leur micro. Et dans la radio, il y a en a. Donc pour les fans du *Screaming*, je ne vous offense pas, mais je n'aime pas ce genre. Après quand il y a cela durant le trajet où le stresse bat son plein, c'est très déstabilisant. Par contre j'aime beaucoup le groupe « [illegible] » et le titre

The Prophecy » car au début et à la fin de cette musique, la guitare électrique m'emporte dans un autre monde. Donc j'aime le métal mais pas certains sous-genres. Pareil pour le rap. Compris ?

Pfiouuu

Pourquoi j'ai parlé de ça, je vais me faire des ennemis...

Après cette discussion assez bancale, on commence à monter la colline quand Jack parle dans son oreillette avec un micro intégré pour prévenir les autres qu'on est bientôt arrivés. Et moi je fais quoi en attendant ? Bah moi je trifouille mon petit pistolet dans tous les sens pour passer le temps comme un con.

Soudainement dans la montée, mon téléphone vibre, quelqu'un m'a envoyé un message, c'est…

Oui.

« Hey Sam ^^, c'est Minou ahah ! Je vais être présente pour la mission mdr, on va bien voir ce qui va se passer hihi ! J'ai un peu peur, mais normalement vu qu'on est là ça devrait aller non ? Faut vraiment que j'arrête de stresser moi ! Hâte de te voir !Aller, gros kiss, à toute hihi ! <3 »

Elle aussi à l'air anxieuse, mais elle le montre d'une meilleure manière par rapport à moi. J'avoue que ce n'est pas dans le tempérament de Mina de stresser à s'en rendre malade. Si moi je suis maigre, c'est en partie pour mon stress qui me poursuit chaque jour. Le petit cœur « <3 » à la fin, c'est pourquoi ? Nan, je me fais des idées, toutes les filles le font… C'est bon, l'heure tourne et je vois avec Jack, le reste de la troupe arriver. On peut apercevoir les personnes du gang comme des petits pois, mais je reconnais avec les jumelles qui étaient disposées dans la boîte à gants une personne avec un petit autocollant sur son flingue, c'est Mina et c'est un… Attends quoi ? Un nœud papillon rose ? Mais d'où elle aime les nœuds papillon du jour au lendemain ? Parce que dans le gang, le seul type avec un nœud papillon, c'est bien moi. Enfin bref, j'imagine qu'elle a des raisons personnelles pour en avoir un. Il y a même Polo avec eux, la première mission de sa vie est plutôt coriace. Jack me dit de bien regarder afin d'apercevoir une faille chez l'ennemi qui pourrait nous donner l'avantage, en matière d'attaque ou de défense. On peut juste voir des ennemis, une vingtaine, qui sont dispatchés dans les recoins de la fabrique, sur les toits, à l'intérieur j'imagine, dehors, en face, derrière, mais aucun sur les montagnes. Nickel, ils sont tous en bas. Je vois Jack avec son sniper regarder les ennemis. Et on voit Tomy, sur une chaise devant l'entrée de la fabrique, qui est enroulée par une corde, on l'entend même crier. Comme Jack et Jean sont les plus haut gradés, ce sont eux qui donnent les ordres tout en gardant un certain sang froid. Mais là, c'est Jack qui les donne les ordres. En même temps, il est en mesure de tout dire vu de là-haut. Il y a juste un pauvre type assis à côté de lui, mais… Pas le temps de discuter ! Jack ordonne à la troupe de se joindre dans le camp adverse en levant les armes en l'air pour faire comprendre qu'on ne leur veut aucun mal, même si on devrait. Toute l'équipe marche en file indienne. Soudain, le chef ennemi sort, il a dû nous voir. Ah oui, j'ai reconnu que c'était le chef comparé aux autres car contrairement aux cagoules des autres qui sont noires avec, autour des yeux, un marquage rouge pour lui c'est l'inverse. Souvent c'est ça chez les gangs, le chef à une marque différente des autres, nous, c'est une cagoule simple. Une personne est d'ailleurs en droit de choisir une cagoule qui lui correspond mais rien de plus, parce que pour Tomy, c'est un chapeau haut de forme qui est en plus par-dessus. Le chef est reconnaissable avec une petite ou grande différence sur son accoutrement. Après chacune des personnes du gang à le droit de mettre un truc perso sur leurs habits, mais pas autant remarquable qu'un chef. Moi du coup, il n'y a pas longtemps, je me suis fait un cube sur la joue du tissu gris de ma cagoule et un nœud papillon gris parce que… Bah c'est SAMUEL quoi ! Mais on nous recommande de ne pas trop mettre de signe distinctif ou alors de laisser quelque chose de vraiment simple et discret. Enfin bref, je m'écarte mais durant le temps que je prends pour vous raconter l'anecdote, on voit tous les bras droits, Jean et un qui est Josh, qui a d'ailleurs plus de charisme que le premier, qui sont en train de faire la négociation.

Alors les enfants ? Vous voulez encore avoir une autre anecdote du tonton Sam ?

Qu’est-ce que la négociation entre gangs ?

Problématique : Y’en a pas.

I/ *oui comme en cours*

Aller ! Ce sont les bras droits, ou les plus haut gradés, de chaque gang qui négocient soit une prime, soit un acte ou autres pour libérer quelqu’un. Par exemple, dans les braquages, on négocie ce qu’on appelle les otages pour enlever les barrages de camions des policiers ou autres, genre un otage pour enlever les hélicoptères qui pourrait nous embêter durant notre fuite, là c’est un peu spécial, mais on fonctionne de la même manière, en tout cas, là c’est pour libérer notre chef, Tomy. Oui je sais, c’est difficile à comprendre parce que cela voudrait dire que les policiers savent qu’on va s’enfuir, mais nous sommes comme dans un jeu vidéo et il faudra obligatoirement à la fin s’enfuir sous une forme course poursuite entre nous et les flics d’où le fait de capturer le plus d’otages possibles pour avoir moins de problèmes durant notre fuite. J’ai l’impression de faire mon Jack devant vous mais c’est lui qui m’a tout appris ! Je regarde la scène vue d’en haut avec Jack quand je vois une personne manquante dans notre équipe. Je préviens Jack et en effet, il compte les personnes et… Il manque quelqu'un ! Impossible de prévenir l'équipe parce que si un bras droit part pendant que l'autre reste devant les ennemis, il peut soit y avoir une deuxième prise où l'on peut menacer avec un flingue celui qui est resté donc on aurait lui et le chef à sauver ou juste passé pour des personnes irrespectueuses. Dans tous les cas, il ne faut pas que nos deux négociateurs partent. Merde… Merde… On est que deux dans la voiture mais il y a une panique monstrueuse ! Je regarde aussi la potentielle personne qui nous manquerait et… C'est Mina ! Non ! Non ! Non ! **Non ! Non !** Où est-elle ? Je regarde mon téléphone mais rien ! Elle m'a dit qu'elle sera là donc elle ne peut pas avoir décidé de foutre le camp comme ça ! Il y a forcément un problème ! En plus dans la file indienne, c'était la dernière ! **Aaah**hh**hhhhh**hhh**h**h !

« Jack !

- Oui Sam. *dit-il comme si au final il s'en fou.*

- Tu sais quoi, même si je ne voulais pas quitter la voiture, j'y vais! Jamais je ne laisserai Mina en danger ! C'est impossible qu’elle ait voulu partir comme ça ! Elle a sûrement été enlevée merde !

- T’es amoureux ?

- **MAIS BORDEL C’EST PAS LA QUESTION !!!**

- Oulah t’as l’air assez mal et puis calme-toi oh ! Je suis ton supérieur t’as intérêt à me respecter ! Tu ne prends pas ce risque inutile... » *s’exclame-t-il pendant que je le coupe en claquant la porte*

M’en fous ! J’ai claqué la porte de la voiture et je m’en vais en direction de la fabrique discrètement, mais rapidement. J’ai cru entendre Jack crier à travers les carreaux de la voiture mais ce n’est pas un problème. Heureusement qu’il ne m’a pas attrapé le bras sinon je n’aurai rien pu faire. Je descends. Ok, je suis en bas et même derrière le bâtiment. Personne ne m’a vu donc je suis content. Il y a un escalier à trois marches et une porte « réservé aux personnels ». C’est ça, ce n’est pas plutôt aux connards qui ont enlevait notre chef et Mina ?! J’ouvre et pénètre dans l’enceinte du bâtiment cagoulé et armé. Je connais déjà ici, vu que j’y ai déjà « passé faire un tour » lors de mon braquage là où il y avait du sang partout. Vous vous souvenez ? Bref… J’ouvre et fouille chaque pièce sans me faire repérer. Après… Ils sont tous devant avec l’évènement qui suit.

Soudain, j'entends des gémissements. Oulah… Euh… Enh non non ! Pourquoi ? Qui ? Comment ? Qu'est-ce qui se passe ? On m'a repéré ? Mais c'est quelqu'un qui a l'air de souffrir. Je passe devant la porte d'où provient le bruit et j'entends une discussion entre une fille et un homme qui a l'air baraque vu le ton qu'il prend.

« Alors hein ! On se croit protéger dans ton gang de merde hein ! Et puis tu te crois où ? Ici, t'es soumise ! Soumise par qui ? Bah par moi ! Ahahah !

- Arrêtez ! Arrêtez ! A^{h}h^{h}h^{h}…

- Continue de gueuler et tu vas finir au sol ! Tu vas nous faire repérer ! Cela ne te suffit pas que je te frappe ? Mais c'est quoi ça ? Oh !

bruit de claque

- Ok ok ok ok *ok ok…*

- Oh arrête de pleurer ! C'est qu'elle est pleurnicharde en plus ! Aller continue ton spectacle là, tu m'fais kiffer !

- …

- Ahahahah ! »

Oulah oulah ! C’est bien la voix de Mina ! Il se passe quoi là ! Je crains le pire ! *J’entends vos voix qui me disent d’aller voir et de la sauver !* Mais… Bordel aller ! J’ouvre d’un coup fort la porte. Je… Je vois… **Merde**…

Mina est en sous-vêtements et le mec la regarde gesticuler de force… J'ai plus les mots… Je…

[illegible]

[illegible]

[illegible]

[illegible]

OSDUGOCDSUOBFJOUCDSGOUCDUCJBLCD
OUBOBLJCDGOU

CDNKLCDUOESOUBDEFBLJZOHUGIE
DBLZVCBOUCDSQBJLKCDBSJLCDGUO

OJVDSQBJVCDOBJOVCUDNBOJKPVD
BONJL
BVJLKDBOJVDNBJLVDQLJNBVDSBJO
VDSBJKVEHOJZIOBOJLV
EAZHOUVZAEUH

JE CROIS VRAIMENT QUE LE LIVRE EST
CORROMPU EN MÊME TEMPS QUE J'ESSAYE
DE LE FAIRE EN SORTE QUE C'EST LA MARCHE
J'ÉRIS QUE DE DÉTRUIRE CE LIVRE

ÊTRE ENTRER DANS LE MONDE CE MONDE
VOTRE MONDE DONC BON JE VAIS ESS
AYER DE NE RIEN CASSER ET JE VAIS

MPBLHNGUKLPHGNOKGEHNKONKH
LKLUNHGKOLDHUEGUSZIYIXUW
ECGDW DSQECGSOI

YSAZULIOIDLJSHYGUCDVIYDSQUIH
ZAEJKELOPIDVCHJDSQGYE

DZAUKIPERDJHNDCSIYGFDZOSJIUD
ESIUOJDCSJNKDSIUZSDAOKPOLZAE
UJDZUHIDSJHDZAIJU

« - Sam ! *s'écrit-elle en ayant ses propres larmes qui l'étouffent*

- Toi ta gueule ! C'est qui l'autre péquenot ? *dit-il en la poussant violemment contre un mur*

- Moi ? Moi ? Tu veux savoir qui je suis ? Mais comment tu peux **LUI FAIRE ÇAAA !!!**

je tire une balle sur lui entre les deux yeux sans faire exprès

- Sam !!!

elle arrive sur moi en pleure

- Mina t'es vivante, c'est le principal.

- Merci ! **renifle** Merci. Enh... Mais en plus je suis habillée comme ça devant toi c'est… Et comment t'as su que j'étais là ? Et pourquoi tu es venu en risquant ta vie ? Pourquoi tu m'as fait ça ! Merci encore encore encore encore ! Je me sens sale maintenant, c'est dégueulasse. Tiens-toi ! Prends ça ! Mon pied dans ta face ! Argh…

elle tape avec son pied sur le cadavre du mec

- Mina mina, calme toi. Reprends tes esprits, rhabille-toi, je reste ici maintenant avec toi, tout va bien se passer. Tu es avec moi, tu n'es plus seule.

- Merci Sam… T'es le meilleur à mes yeux. »

Elle se rhabille avec ses affaires qui étaient posées sur un meuble. Et…

Comment vous expliquez…

Ce n’est pas une histoire pour les enfants.

Ce n’est pas une histoire pour les personnes qui sont mentalement faibles.

Ce n’est pas une histoire pour un adulte qui a des comportements d’enfants avec les traits de caractère d’un idiot qui ne veut pas l’être.

Ce n’est ni une histoire pour moi, ni pour Mina.

Mais c’est mon histoire.

Nous n’avons pas à subir ça. Je… Heureusement qu’elle n’est pas morte. En fait, en voulant échapper à la réalité et en rentrant dans ce monde, je me retrouve tout de même à plonger dans des abominations encore plus terrifiantes que le monde réel. J’ai voulu me donner un autre nom pour être différent et ne plus ressembler à celui d’avant. Mais je garde la **conscience**. J’ai mal. J’ai **très mal**. Quand tu t’imagines un monde rose bonbon et qu’un drame apparaît, c’est horrible. Je n’ai pas les mots. Mina était vraiment pétrifiée, elle pleurait, elle se sentait quelque part, déshumanisée. Son visage était trempé de larmes, quand elle a donné des coups de pied sur le type. J’ai ressenti sur elle une colère impardonnable. Elle était limite nue devant moi et elle qui tenait tant à ne pas montrer son corps, même en sous-vêtements à ses parents, elle vient de le faire devant une personne qui l’a abusée.

Je suis Samuel, l'ingénieur en angles, l'enfant dans un corps d'adulte. Qui vient de voir devant mes yeux...

Un viol.

Même si j'ai déjà vu des corps morts et du sang partout, je viens de voir la personne que je chéris tant, se faire redescendre et on sera les deux seules personnes à garder cet évènement en tête avec ce cadavre. Je lui en ai fait le serment. Mina me dit que c'est bon, elle est prête. Elle s'est remise en tenue toute noire de braquage. Et on est prêts à partir de cet endroit qui m'a aussi, détruit mon esprit.

« Sam… Je vais te dire deux, trois trucs quand on rentrera à la maison et en plus, je tiens à ce que tu restes quelques jours de plus chez moi, tu n'as rien donc reçois cela comme une récompense. *dit-elle en me tenant les épaules*

- Merci Mina. Euh… Merci sincèrement. On en reparlera ! Aller, filons d'ici ! Allons dans la voiture de Jack qui est en haut de la colline !

- Ah oui, je l'avais vite fait aperçue ! »

Je sais même plus quoi vous dire.

Vous lisez un roman policier ? Une comédie ro*ma*ntique ? Une tragédie ? Je ne sais pas. Je suis qui au juste ? Parfois, j'ai envie de vous parler pour de vrai, ***de ne p****as* avoir mes paroles écrite et **imprimée sur du papier** mais je n'ose pas vous parler de **mes problèmes** comme ça. Je joue un **rôle** ? Je ne suis qu'un **~~rôle~~** ? Quel est mon ~~rôle~~ ici ? J'ai l'impression que l'on me brise un des quatre murs de chez moi afin de me montrer la vie. Ahhh… La **vie**… Elle est **si belle**… tout comme ~~Paris,~~ la célèbre capitale de la ~~France~~ qui est mise en lumière par des chanteurs comme ~~Edith Piaf~~ ! Que de ***SOUVenirs.***

Merde… Encore une page du livre a été corrompue… Attends deux secondes avant de reprendre une lecture normale… Après ça… J'ai bien peur que plus rien ne soit contrôlable.

Oh ! Voilà la voiture ! On monte doucement mais rapidement la colline afin d'aller nous protéger. Qu'est-ce que j'ai pu faire encore moi comme aventure pour un « simple » enlèvement. On devait juste secourir Tomy. Juste lui et que lui. Pas quelqu'un d'autre. Nous restons durant plusieurs minutes dans la voiture et Mina et moi soufflons un grand coup et Jack remarque que Mina est silencieuse depuis quelques minutes et décide de lui dire quelques mots.

« Alors Mina c'était toi qui manquait. Tout va bien ? Il s'est passé quoi ?

- Oui je vais bien. Rien rien, je m'étais perdue.

- Perdue ? Mais je vous avais dit de vous suivre en file indienne ! Tu risques d'avoir une sanction ! Je te préviens ! Tu aurais pu mettre en danger l'un de nos camarades ! Même moi ou Samuel ! Ah d'ailleurs, je vois qu'ils ont terminé leur négociation, on va pouvoir redescendre et retourner à la villa ! *s'exclame-t-il*

- …

- Ok Sam, si tu veux savoir Tomy est bien avec nous dans l'une de nos voitures. On est tranquilles ! Ce n'était pas un travail trop difficile pour nous deux en fait ! Ahahahahah ! me di*t Jack en s'extasiant*

- Tu l'as dit. Dis Jack ?

- Oui Sam ?

- Quand on va rentrer, on va faire des trucs ou c'est fini pour aujourd'hui ?

- Bah enfin Sam ! Qu'est-ce qu'il te prend ? T'es fatigué ? Normalement non, vu que Tomy risque de fêter ça donc on reprendra demain. *déclare-t-il tout en me regardant comme si je le décevais*

- Ah non t'inquiète ! Juste pour savoir, comme ça j'ai tout dans la tête si jamais on prévoit des choses, je serai prévenu.

- Ah ! Je préfère cet état d'esprit là Sam !

- …

Le silence de Mina me fait quelque chose quand même… Je fais des signes à Mina lui faisant comprendre que je suis là pour elle et qu'elle n'a plus à s'inquiéter car nous ne sommes plus en danger

- Aller les gars, un peu de musique dans la voiture ne fera pas de mal avant d'arriver ! Vous voulez quoi ? d*emande Jack*

- …

- Euh... Je veux bien « **No Surprises** » de Radiohead s'il te plaît.

Je me suis souvenu de la musique préférée de Mina, on se regarde, elle sourit

- Ok Sam ! En route ! Ouah, elle claque la chanson ! » *relate-t-il*

Oui. J'avoue, elle claque. Elle est touchante cette musique mais je dois avouer que j'aime les musiques tristes et que je suis obligé de verser ma petite larme sans me faire repérer dans la voiture. La mélodie est incroyable avec la batterie et les petites cloches mais en fait le texte est horrible. J'aime bien. Je suis content d'avoir mis cette musique dans la voiture. Je ferai tout pour… Bon.

On arrive à la villa ! Le soleil est en train de s'endormir et on pourrait voir par la suite le magnifique coucher de soleil ! On est tous ensemble et surtout avec Tomy. J'avoue que la mission a été spéciale pour certaines personnes mais bon... Comme je vous l'ai dit, il y en a à qui c'était leur première fois dans le gang et le fait de commencer par ça, met directement les termes dans le bain. On est tous rassemblés sur une grande table très longue dans le jardin de la villa. En fait ce sont plusieurs tables collées qui forment une table gigantesque. Il y a des personnes qui préfèrent s'asseoir sur les chaises, d'autres qui restent debout, et d'autres qui sont un peu plus loin ou dans la villa. En tout cas, tout le monde est là. Euh… Ah si c'est bon. *Elle est là*. D'ailleurs, j'imagine que Polo doit être là. Je le cherche mais sans succès jusqu'à ce que je voie des vêtements aussi étranges que les miens et oui ! C'est bien lui ! En même temps sa tenue, que j'aime énormément, est remarquable dans le jardin. Je marche vers lui et entame la conversation, c'est rare.

« Salut ! C'est bien toi Polo ?

- Eh là qui va là ? Ahahahahah ! Salut l'inspecteur ! Mais nan je rigole ! Comment tu vas toi ! Samuel c'est ça ? Je t'avais déjà aperçu et il faut dire que ta tenue est superbe ! Pardon mais je suis un peu fatigué !

- Ah merci ! Pas de soucis !

- Ah mais tu m'aurais vu hier, j'étais plus en forme ! D'ailleurs, chapeau pour la route à pieds ! Non mais tu as vu ce que tu as parcouru sans te faire prendre ! Déjà que je suis nouveau alors je pense que cela doit être incroyable non ?

- On va dire que c'est pas commun.

- Bon ça va je suis pas tout seul à être tout seul, il y a un type qui est aussi perdu que moi donc je suis rassuré. *dit-il en rigolant nerveusement*

- T'inquiètes pas, tu seras très vite à l'aise ici ! Mais en tout cas heureux de te voir dans le gang ! Je dois dire que j'avais déjà eu des nouvelles de toi auparavant et tu as l'air d'avoir un passé un peu triste non ?

- Ah… Euh… Oui, mais comment le sais-tu ? *dit-il en m'agressant presque tout en ayant un air fâcher*

- Euh… Non comme ça, ça se voit sur ton visage.

- Bah il faut croire ahah.

- Ahah.

- D'ailleurs, tu sais combien on est dans le gang ? *me demande-t-il*

- Euh… Une vingtaine ou plus pourquoi ?

- Non parce que j'essaye de m'intéresser un peu pour me familiariser ! Si je compte combien on est… Beaucoup. En réalité, j'ai une grosse flemme à compter le nombre de gens. Faut dire qu'il y en a du monde !

- Ahah ! C'est vrai !

- Mais dis-moi Samuel, tu vois la jeune fille là-bas ? *me demande-t-il en se servant plusieurs verres d'alcool*

- Euh oui ? Que se passe-t-il avec elle ?

- Tu es avec elle ? *dit-il en balbutiant*

- Non pourquoi ?

- Super !

- Comment ça super ?

- Non rien t'inquiète. Sinon sur la table t'as du saucisson si t'aimes ! Attends trois ans, sept ans et là tu verras que le goût ne changera pas tellement c'est bon et indétrônable ! Aller à plus et au plaisir de te revoir !

- Moi aussi... »

Comment ça super ? J'ai rien compris pour son saucisson. Mais… Que veut-il faire à Mina ? Enfin, surtout pourquoi il m'a demandé si j'étais avec elle ? C'est comme si toutes les personnes que je croisais pourraient penser que je sorte obligatoirement avec elle. J'avoue j'aime bien mais ça me met face à des scènes assez étrange. En tout cas, on a passé toute l'après-midi et début de soirée à rester ici et j'avoue que je n'ai pas croisé Mina à part quand Polo me l'a montré. Il ne l'a pas enlevé ?! Je vais peut-être loin mais bon. Je la cherche, dans tous les cas, il y a sa voiture donc pas de problème, je ne pense pas qu'elle ait pu partir.

Quelques minutes passent.

Oulah, ça fait trop longtemps que je cherche ! Cela fait 30 minutes ! Je crois qu'elle est en danger ! Ahhh ! Je fais quoi ?! Oh. Mais.

C'est quoi ça ?

C'est un portail ? On dirait un miroir. Comment dire… Quand je me rapproche de lui, il y a des particules violettes et un bruit venant droit des enfers. Mais aussi, je vois un reflet. Mon reflet ? Bah… C'est littéralement mon visage, le même physique aussi. Sauf mon accoutrement qui est différent. Mon reflet a un sweat et un jean. Je tiens à vous rappeler que je suis en costume gris avec un nœud papillon gris et un chapeau melon. Donc c'est vraiment étrange. Le type dans le miroir tient un téléphone. Il me le montre et je vois un logo blanc sur fond bleu. On dirait une manette avec des yeux. Il me montre des gens. Tous avec des pseudonymes différents. Mais pourquoi il me montre ça ? Le portail ou le miroir ou même le tableau enferme cette sorte d'individu. Triste. Il est triste et cet endroit et triste. J'ai l'impression que le logo vient d'une application où il me montre les amis qu'il a dans un groupe. *La personne ouvre la bouche.*

« Je le déteste mais personne ne le sait. Je

Je déteste mais personne ne le sait. Je le déteste mais personne ne le sait. »

Il parle vraiment doucement en chuchotant donc je n'arrive pas à entendre ce qu'il veut me dire. J'imagine qu'il me demande de l'aide et veut être mon ami mais le problème c'est que je ne sait pas quoi faire. J'ai essayé de toucher l'espèce de portail en espérant qu'il se passe quelque chose mais il n'y a rien. Et là hop… L'objet me montrant la personne qui était en train de s'allonger en devenant noir avec des yeux violets disparaît en explosant à cause d'une créature verte qui était derrière lui avec un visage effrayant. J'aurais pu crier et avoir peur, mais je ne l'ai pas fait. Hein ? Que vient-il de se passer ? Ahah c'était drôle quand même ! Enfin bon, ce n'est pas ça qui va me faire avancer dans mon histo…..

…...ire, on m'a jeté dans une gare d'où je sors et je ne vois personne… Ah si !

Erreur annulée. Retour à l'histoire.

Je faisais quoi déjà ici moi ?

Ah oui ! Mina ! Où est-elle ?

Je sors donc de cet endroit qu'y s'avère être une des nombreuses pièces de la villa et je sors de celle-ci. Je commence à désespérer car je ne vois plus personne, je suis limite dans un manoir.

J'ouvre la porte qui mène au jardin et à part la piscine, l'espèce de véranda où les personnes ici stockent leurs objets pour aller se baigner, les belles haies vertes, il n'y a rien.

Je cherche derrière les fleurs, dans les coins de la villa. Et… Ah ! Dans un des coins de la villa...

C'est elle.

Elle est si jolie. Elle est au fond de la villa, dans la cour, posée sur un muret qui donne sur le grand lac de devant. Avec la lueur du soleil qui se couche, c'est magnifique. En plus, les cheveux qui bougent au rythme du vent sur son crâne rendent le tout poétique. Quand elle cligne des yeux, elle rajoute de la magie à son charisme. J'ai peur de venir. C'est comme-ci j'allais parler à une divinité. Je fais quoi ? Je vais lui parler ? Ou c'est bon, je l'ai trouvé, je passe à autre chose ? J'hésite trop et après tout, j'ai cherché dans toute la villa alors j'ai un peu le droit de venir non ? Bon, j'y vais.

« Hey Mina, c'est Samuel. Que fais-tu toute seule ici ?

- Je suis contente que tu sois là Sam, sache-le.

- Moi aussi hihi. »

Quel imbécile !

Comment ça « moi aussi » Sam réfléchit c'est toi qui viens de venir ! Bref, je sais pas parler aux filles donc bon. Je décide de me poser et de m'asseoir avec elle. Je ne sais pas trop quoi faire alors je ne parle pas et contemple le paysage avec elle. Soudain, après 15 minutes de silence, oui c'est long. On se regarde avec un « eye-contact », c'est-à-dire que l'on se regarde droit dans les yeux durant quelques secondes avant de retourner dans notre occupation qu'est de regarder le panorama. Je sens de l'agitation à côté de moi et c'est bien elle qui se rapproche de moi. Elle était sur un drap rose qu'elle avait soigneusement posé pour que le muret ne tache pas ou ne salisse pas son pantalon et donc, elle le déplace en même temps que son corps se rapproche du mien. Paradoxalement, je suis figé. Tout à coup, ses baskets blanches et rose pastel touchent mes chaussures. Je sens même ses cheveux sur mon épaule. J'entends une respiration très angoissée, comme si elle-même ne pouvait pas se contrôler. Nos visages sont très proches. Genre quelques centimètres. Nos nez sont à 3 centimètres de distance. Qu'est-ce qu'il se passe ? Depuis le temps que je vous décris la scène, tout le monde est parti de la villa, même le peu de gens qui pouvait encore être là. Il n'y a qu'elle et moi ici. Pourquoi est-elle restée aussi tard ici ? Le cadre est magnifique. J'ai l'impression que cette fois-ci, rien ne pourra stopper ce que Mina *tente de me dire* à chaque fois depuis le début. Elle me tient la main gauche et laisse ma main droite libre pour la poser sur la sienne. Je n'ai pas l'habitude de ce genre de chose. *Je ne suis qu'une seconde vie*. Je suis dans l'un de mes *rêves*. Je suis *Samuel*. C'est étrange car à la fois c'est ce que j'attendais depuis le début mais quand cela m'arrive, j'ai ma pensée qui me dit de fuir.

Je n'arrive

plus à

savoir où

je suis

ni même

qu'est-ce

que je

fais et

même que…

« Samuel…

- Oui Mina.

- Montons dans ma voiture.

- Je te suis. »

Je suis incapable de vous contextualiser la scène. Je suis soumis, je réponds automatiquement, je ne cherche plus à comprendre. Je la suis. C'est la première fois que je fais confiance à une personne.

Nous montons dans sa voiture, qui est très jolie et surtout « *girly* ». Un silence qui n'est pas inquiétant dans la voiture s'installe durant la route. Nous arrivons chez elle. *On descend*. Elle ouvre la porte. *Je rentre*. Elle ferme à clef. *J'attends*. Elle me dit d'aller me mettre à l'aise et de rejoindre sa chambre. Je me mets en pyjama d'été avec mon tee-shirt blanc où est imprimé un petit chapeau melon. Je prends mon short gris et je vais dans sa chambre. Elle y sort. *Je reste*. Ce serait con si je la suivais partout comme un chien. Et je crois que j'ai bien fait. Elle me dit de fermer les yeux. Je les ferme. Et puis là je sens que… **Oh...**

Je sens la peau de ses cuisses sur les miennes, j'ouvre mes yeux. Je la vois assise sur moi et son visage est face au mien. Elle me regarde tête baissée et moi visage vers le haut comme si elle aspire mon âme. Elle a les cheveux détachés, ce qui lui donne un faciès fabuleux. Une prédatrice époustouflante. Elle porte un simple tee-shirt « oversize » blanc et un mini short bleu foncé en guise de pyjama. Je vois ici une Mina ronronnant l'amour et grognant l'envie. Je vois ici un Samuel apeuré, mais heureux. Je vois les pages du livre se tourner par vous, les lecteurs. Je vois tout. Je vois une fin. On y est presque. J'espère qu'elle sera bonne. Je suis même triste de ne pas vous en avoir raconté assez. Cela est allé trop vite. Mais Mina est là. Et je suis avec elle. Elle est belle, jolie, une fille parfaite. Il n'y a qu'ici où je peux autant me livrer. Je ne me vois pas donner tout ce que j'aimerais ressentir ou même ce que je peux ressentir dans le présent. On se cache tous derrière quelque chose. Moi, c'est <u>un personnage</u>. Dans une autre vie je suis seul et un peu triste. Et dans une autre je suis déboussolé mais heureux. Mina et moi avons le même âge, nous avons 22 ans. Nous n'avons pas les études à supporter parce que personne à des études à supporter ici. Chaque *personnage sur cette foutue île est en réalité une personne tentant de s'échapper. Vais-je avoir la réponse à une des questions que je me pose ? Alors, qui est réellement Mina ? Qui est ou était-elle ? Mais on s'en fou maintenant, les mauvaises ondes ne sont pas de ce monde. Les mauvaises choses de la vraie vie n'existent pas. Les tabous, l'argent, la politique, la santé, la religion, les stéréotypes de tout ordre, racial, culturel, c'est niet. C'est de tout ça que des personnes comme moi tentent d'échapper. On a tous des méthodes pour s'en échapper. L'un va préférer faire comme moi, d'autres vont préférer faire autres choses. D'autres se suicident. C'est grave. C'est très grave, mais j'aime mon livre. Je suis fou. C'est de la psychologie ? Une leçon de vie ? Il y a une morale ? J'aime quand on ne peut pas pointer une chose du doigt. Comme moi à l'école, comme mon style vestimentaire, mes idées, mes gènes. Niquez-vous les connards qui ne pensent qu'à eux et qui préfèrent juger les autres sans penser aux conséquences. Parce que… rien. Hmmm... Il n'y a pas d'école ici, on apprend tout de nous-mêmes et des choses essentielles de la vie, pas des théorèmes ou de la théorie sans passer une seconde à la pratique. Si on me pose la question, que voulez-vous faire Samuel plus tard ? Je répondrai que j'aimerais me reposer. Pourquoi vous parlez en étant quelqu'un de faux ? Quelqu'un que vous ne verrez jamais ? Quelqu'un qui… N'existe pas. Je ne sais pas où va la direction de cette histoire. Pourquoi je vous parle comme ça. Je suis même surpris que le livre ne m'a pas interrompu ou un autre truc du style. À l'école je ne suis que Samuel, un type à priori drôle sans intérêt, un peu con et dans la lune. Un mec extraverti et avec une ribambelle de potes. Un mec que tout le monde aimerait avoir comme ami ou un mec qui est… qui est… Qui n'est pas moi. Pas un 8b//&+c On aimerait refaire une vie ? Non non… Tellement pas… Enfin… Il y a des choses que j'admire. Mais il y a des choses que je haïs. Pourquoi avoir écrit un livre ? Pour garder une trace de mon passage sur terre. C'est égoïste mais j'assume. D'ailleurs, vous avez entendu parler de mes parents ? Non. Je n'en ai pas ici. Je suis seul. Mina a des parents, qui ne sont pas réellement les siens. Ce sont des personnes qui veulent refaire une vie de parents qui sont venus ici afin d'essayer de faire mieux que dans leur monde.*

Si vous avez compris, tant mieux. Mais cette île, c'est une seconde vie. Je n'ai juste pas eu de chance de ne pas avoir de logement ni de parents. Même dans un monde parfait, il peut te manquer des choses essentielles, tu seras triste. Une belle leçon de vie. Et une belle remise en question. Toutes les personnes ici sont en détresse, mais ne le montre pas et je n'ai jamais su réellement quel est le passé de Mina. Je pense trop. Je pense énormément. Quand on me dit que je suis mûr, je ne sais pas comment le prendre. Parce que si je suis mûr, c'est que c'est venu indirectement. Je pense toujours à une phrase. Quelqu'un disait :

« Il y a soixante coups qui ont sonné à l'horloge, je suis encore à ma fenêtre, je regarde et je m'interroge. Maintenant je sais, je sais qu'on ne sait jamais. »

Comme vous devant le livre. Comme moi devant mon histoire. Comme nous dans notre vie.

Mais qu'importe. Mina est là. Et je suis avec elle. Les LEDS de sa chambre sont rouges. Un parfum de fleur entoure la pièce. Tout est si léger maintenant. Elle entoure ses doux bras autour de mon cou.

...

...

...

Nous tombons sur le matelas dans un silence amoureux.

❤

Nos visages sont proches.

Nos nez sont proches.

Nos lèvres sont proches.

Nous fermons les yeux.

On s’embrasse.

« Samuel.

- Oui Mina.

- Je… Je t’aime. »

V/

OPCSUKUCUSDUKPOPFDUCPKFECUK
OPKOPOVJEZAEBDAUHHAEHPDJKHE
NDCSKJNHSDKJCHNVJHUDZFAOIKPJE
EZDEAUOPKDZAOPKDUKUPZSKUPD
QSKUPCSUKUCUSDUKPOPFDUCPKFE
CUKOPKOPOVJEZAEBDAUHHAEHP
DJKHNDCSKJNHSDKJCHNVJHUDZFA
OIKPJEZDEAUOPKDZAOPKDUKUPZS
KUPDUSKUPCSUKUCUSDUKPOPFDUC
PKFECUKOPKOPOVJEZAEBDAUHHA
EHPDJKHNDCSKJNHSDKJCHNVJHUD
ZFAOIKPJEZDEAUOPKDZAOPKDUKQ
PZSKUPDUSKUPCSUKUCUSDUKPOPF
DUCPKFECU

VOILAVOUSAVEZLUMONLIVREJESPE
REQUILVOUSAPLUJENESAISPASSIJE
VAISFAIREUNESUITECELAVADEPE
NDREDEMESENVIESETDEVOUSALOR
SVOILAJEPROFITEDELAFINDECELIV
REPOURVOUSPARLEZENTANTQUE
aRgHh..

JEMEDONNEAFONDPOURVOUSDIREC
EQUEJENESUISPASCENSEVOUSDIREA
LORSJESPEREQUEVOUSSAVEZQUED

EPUISLEDEBUTCESTMOIQUIVOUSPA
RLEHEINTUSAVAI

SHEINDITMOIQUETULESAVAIS!
ETCELIVREESTTROPCORROMPUPOU
RVOUSTRANSMETTRESQUELQUECH
OSEDENORMALETCOMPREHENSIBLE
ALORSJEVIENSVOUSDIREQUESAMU
ELEST

...

/command open : C'est secret hihi.odt

Exécution du document…

Mon caillou

Un caillou vide.

Un rocher plein.

Où-est-ce qu'il réside ?

Ce caillou plein.

Quand on l'ouvre,

Il n'est ni vide ni plein.

La lionne trouve et approuve,

Ce caillou et son terrain.

Un caillou n'est ni vide ni plein.

C'est juste un caillou.

Banale et inintéressant de loin,

Mais ce sera mon caillou.

fichier état.real en destruction.

…

Tentative n2 de destruction du fichier état.real.

BBBR2QU 25J

Tentative n3 de destruction du fichier état.real.

MEBORDELLEGFEQÙ Ø

Tentative n4 de destruct…

•——— • —— • —••• •— — ••• •— •••— • —•—• ——••—— —•—•
•————• • ••• — —•• •• —• ——• ••— • •—•—•— •—•—•—
•—•—•— •——— • —• • — •—• ——— ••— •••— • ——•— ••— •
—•—• • —— ——— —•—— • —• —•• • —•—• ——— —— —— ••—
—• •• ——•— ••— • •—• ••• •— —• ••• —— • ••—• •— •• •—• •
—•• ••—•• ••—• ——— —• —•—• • •—• •——• •— •—• —•—•• •—
•—•—•— —— •— •• ••• —••• ——— —• •—•—•— •—•—•—
•—•—•— —•—• •————• • ••• — •—•• •— ••—• •• —• ••——••
—•• ••—•• •——— •——•— •—•—•— •—•—•— •—•—•— •——— •
••• ••— •• ••• — •—• •• ••• — • •—•—•— •—•—•— •—•—•— •—
—— • •••— ——— ••— ••• ••—•• —•—• •—• •• — —•—•• •— •—
•••— • —•—• •—••—• •——• •• • —•—• • —••• —•—— •——• •• •
—•—• • •—••—• —•• • —•• •— —• ••• •— •—•• •••— •— — ——
— • —• ••—• ——— —• —•• ••• ••— •—• ••• •——• ——— — ••
••—• —•—— •— •—•• ——— •—• ••• —•—• ——— —— —— • —• —
•••— ——— ••— •—•• • ——•• —••••— •••— ——— ••— ••• ——•—
••— • •——— • —• • •——• •—•• • ••— •—• • •——• •— •••
••— —• •——• • — •• — •——• • ••— •—•—•— •——— • •••— —
—— ••— ••• •— •• —— • •—•—•— •——— • •••— ——— ••— •••
•— •• —— • —•—• •— •—• •••— ——— ••— ••• •—•• •————•
•— •••— • ——•• •—•• ••— •—•—•— •——— • •••— ——— ••—
••• •— •• —— • •—•—•— —— • •—• —•—• ••

Photo de Samuel dans sa Z-Type .

Ne vous inquiétez pas, il retombe toujours sur ces roues.

(~~probablement~~) à suivre...

Édition : BoD – Books on Demand,
info@bod.fr
Impression : BoD – Books on Demand, In de Tarpen 42, Norderstedt (Allemagne)
Impression à la demande
ISBN : 978-2-3224-3528-9
Dépôt légal : Décembre 2022